시간 돼지

황섭균 글 ★ 유영근 그림

웅진주니어

목차

나는 지금도 궁금해.

그건 꿈이었을까?

왜, 있잖아. 아주 생생한 꿈. 정말 현실 같은 꿈 말이야.

하지만 내 심장은 꿈이 아니라고 말해.

맞아, 꿈이었다면 나랑 아린이가 동시에 똑같은 꿈을 꿀 수는

없잖아. 안 그래? 우리가 아무리 세상에 둘도 없는 베프라고

해도 말이야.

지금부터 꿈같은, 그러나 절대 꿈은 아닌 이야기를 해 줄게.

그 일이 일어난 건 한 달 전이었어. 한참 지난 이야기를 왜

이제야 하냐고? 아이참, 말했잖아. 나도 믿기지 않아서 마음을

진정시킬 시간이 필요했다니까.

1
나의 시간 돼지

그날은 이상하게 아침 일찍 눈이 떠졌어. 그렇게 일찍 일어난 건 처음이라 정말 신기했지. 그런데 더 신기한 일이 있었어. 창밖을 바라보니 하늘에 분홍색 구름이 둥둥 떠 있지 뭐야.

"앗, 아린이 운동화 색깔이다."

몽글몽글 피어난 분홍 구름은 학교까지 길게 퍼져 있었어. 나는 잠깐 고민하다 학교에 갔어. 사실 어디라도 좋으니 아무도 나를 찾을 수 없는 곳에서 꽁꽁 숨고 싶었거든.

일요일이라 학교는 아주 조용했어. 꼭 학교가 분홍 구름을 이불처럼 덮고 잠자고 있는 것 같았지. 나는 운동장 구석에 앉아 핸드폰 게임을 했어. 날씨가 더워서 목이 조금 말랐어.

집에서 챙겨 온 요구르트를 마시려고 뚜껑에 앞니를 꾹 박는데,
이상한 일이 벌어졌어.

갑자기 바람이 휭휭 불고 주위가 컴컴해지는 거야. 하늘을
올려다봤더니 분홍 구름이 무서울 만큼 거대하게 부풀어 있었어.
얼른 집으로 돌아가려고 엉덩이에 묻은 먼지를 툭툭 터는데,
어디선가 시선이 느껴졌어.

뭔가가 날 뚫어져라 바라보고 있지 뭐야. 저기, 미끄럼틀
아래에서! 숨이 턱 막히고, 벌어진 입은 다물어지지 않았어. 두
손으로 눈을 마구 비벼 봤지만 믿을 수가 없었어. 어른 옷을 뺏어
입은 듯한 양복 재킷과 붉은 나비넥타이에 뒤로 돌려 쓴 모자,
노란 반바지를 입은 '돼지'가 서 있었거든. 분홍 돼지는 두 발로
뚜벅뚜벅 걸어오더니 내 앞에 멈춰 섰어.

"친구, 시간 되지?"

분홍 돼지는 꼬리를 빙글빙글 돌리고 있었어. 양복 재킷
사이로는 통통한 배가 살짝 보였어. 두 볼은 할 말을 잔뜩 숨겨
놓은 듯 아주 빵빵했지.

"나랑 잠깐 얘기할 시간. 땡! 지금부터."

그러더니 황금색으로 번쩍이는 시계를 내 눈앞에 바짝

들이밀었어. 나는 얼굴을 찡그렸어. 시간은 나도 알지. 핸드폰만 보면 되는데.

6:59:44

하지만 돼지의 시계는 뭔가 달라 보였어. 째깍째깍, 폭탄이 터지기까지 남은 시간을 알려 주듯 점점 숫자가 줄어들었어. 44, 43, 42……

"오, 이제 6시간 59분 38초 남았군!"

돼지의 목소리는 목감기에 심하게 걸린 것처럼 걸걸했어. 하지만 문제는 목소리가 아니었지.

"이시유, 좋아하는 색깔은 분홍색. 좋아하는 음식은 떡볶이랑 치킨. 싫어하는 음식은 당근이 들어간 모든 것. 한글은 여덟 살 때 익혔고, 구구단은? 다 외웠다고 뻥뻥 큰소리치지만, 알지? 아직 멀었음. 6학년 때나 가능할까. 또, 아주 무시무시한 비밀을……."

돼지는 손가락을 까닥거리면서 나에 대해 줄줄 읊었어. 소름이 돋았어. 도망가려고 했는데 발이 안 움직이지 뭐야. 돼지는 내가 있는 곳으로 한 발 한 발, 바짝 다가왔어. 돼지의 벌름거리는 콧구멍이 내 코허리에 닿을 듯 말 듯 했지.

"으으! 왜 이러는 거야?"

나는 어깨를 움츠리고 목을 최대한 뒤로 뺐어. 돼지의 말은 점점 빨라졌어. 나를 잘 알고 있다느니, 나 같은 아이들을 많이 봤다느니, 그래서 도와주고 싶다느니, 이런 기회는 아무 때나 오는 게 아니라느니…… 들을수록 수상했지.

'어, 이건……?'

그 순간 돼지의 정체를 알 것 같았어.

"안 할래. 지금 그럴 기분 아니야."

나는 획 돌아섰어. 귀여운 돼지로 변장해서 느닷없이 나처럼 느린 아이를 도와주겠다고 한다면? 보나 마나 학원 광고지. 단호하게 말하고 교문으로 걸어가는데 왠지 마음이 불편했어. 너무 매몰차게 말했나 싶어서 몇 걸음 가다가 힐끗 뒤를 돌아봤어.

"학원 광고 아님."

돼지는 내 마음을 꿰뚫어 보기라도 한 듯 또박또박 힘주어 말했어. 그러고는 괴상한 말을 툭 뱉었지.

"나는 후회할 게 있는 사람에게만 보여."

그 순간 돼지 몸에서 빛이 뿜어져 나오지 뭐야. 빛은 사방으로
퍼져 나가더니 순식간에 커다랗고 동그란 시계를 만들었어.
시곗바늘이 반시계 방향으로 움직이는 커다란 시계 앞에서 돼지가
우렁차게 말했어.

"나는 시간 돼지. 과거로 돌아가서 후회하는 일 한 가지를
되돌릴 수 있게 도와주지. 단, 기회는 한 번. 오직 7시간뿐!"

돼지가 황금 시계를 앞으로 쭉 내밀었어.

6:31:29

시계의 숫자는 또 줄어 있었어. 나는 깜짝 놀라서 꽥꽥 소리를
질렀어. 머릿속은 빙글빙글 돌았지. 침을 꿀꺽 삼키고 나서야 겨우
정신을 차릴 수 있었어.

"뭐, 뭐? 무슨 돼지?"

"나? 시간 돼지!"

분홍 돼지가 빵긋 웃더니 뽐내듯이 배를 쑥 내밀었어.

"아무튼! 난 없어. 후회하는 그런 일."

"있을 텐데."

돼지가 입꼬리를 올리더니 피식 웃었어. 이글거리는 태양이 바로 옆에 있는 것처럼 온몸이 순식간에 뜨거워졌지.

"미래의 너는 후회하고 있어. 지금 네가 후회하는 그 일을, 그것도 아주 많이."

"뭐? 미래의…… 나?"

"그래. 미래의 너는 10살인 지금으로 돌아가서 바꾸고 싶어 해."

"뭘?"

"그건 네가 더 잘 알걸?"

분홍 돼지는 내 주변을 시계 반대 방향으로 빙글빙글 돌았어.

"후회하는 마음은 없어지지 않아. 시간이 흐를수록 커지고 무거워지지."

꼭 나를 탓하는 것 같은 말이었어. 나는 찔리는 만큼 돼지를 매섭게 째려봤어.

"시간 돼지라고? 이 거짓말쟁이, 그런 게 어디 있어!"

"거짓말쟁이 아님. 그런 거 있음. 자, 이거 볼래?"

눈을 찡긋한 돼지가 황금 시계를 흔들었어. 운동장 바닥이 꿀렁꿀렁 움직이더니 그 위로 영상이 나타나지 뭐야. "헉!" 소리가 절로 나왔어.

영상 속 커다란 시계 모양 건물에는 번쩍번쩍 빛나는 '과거 바꿈 연구소' 간판이 달려 있었어. 시간 돼지 모자 배지에 적힌 '과바연'이 이 연구소 이름인가 봐. 수백 개쯤 되는 창문마다 돼지들이 보였어. 그네를 타는 돼지, 뭔가를 빨대로 쪽쪽 빨아 먹는 돼지, 책상에서 공부하는 돼지, 거울 앞에서 화장품을 바르는 돼지, 누워서 뒹굴뒹굴하는 돼지까지. 모두 어떤 생각에 빠져 있는 듯했어. 마지막으로 회전의자에 앉아서 빙글빙글 도는 돼지 얼굴이 크게 나타났어.

"얘가 나야."

시간 돼지가 흐뭇한 얼굴로 말했어. 책상에는 시계 모양의 기계와 뭔가를 잔뜩 적어 놓은 종이가 쌓여 있었어. 장식장에는 '성공률 99.1% 올해의 대단한 시간 돼지상' 상패가 놓여 있었지. 영상 속 시간 돼지는 상패를 자랑스럽게 바라보다가 갑자기 의자를 바짝 당겨 앉았어. 그리고 시계 모양 기계를 손가락으로 마구 두드리기 시작했어.

"앗, 저건!"

입이 저절로 벌어졌어. 시계 모양 기계 안에서 어디서 본 듯한
얼굴이 떡하니 나타났거든. 동그란 눈, 튀어나온 이마, 곱슬머리,
조금 까무잡잡한 피부.

"그래, 너야. 미래의 너."

그건 정말 나였어.

"미래의 네가 며칠 전에 날 찾아왔지. 사연을 들으니 정말
도와주고 싶더라. 그래서 짜잔, 내가 온 거야. 너한테!"

시간 돼지가 히죽 웃으며 턱을 높이 쳐들었어.

이게 무슨 일인지 도대체 알 수가 없었어. 믿어야 할지, 말아야
할지 답답해서 입술을 잘근잘근 씹었어. 마냥 무시할 수가 없었어.
돼지는 내 비밀도 알고, 몸에서 빛도 막 뿜어져 나오고, 운동장
바닥에 영상도 만들었잖아. 무엇보다 아까 그 화면에 나온 사람은
진짜 나 같았거든.

"미래에서 왔다고 하면 내가 바로 믿을 줄 알았어? 네 말이 다
맞다고 쳐. 내가 한 번은 속아 준다. 그런데 말이야, 어른이 된
내가 뭘 바꾸고 싶어 한다면, 정말 그렇다면…… 너는 열흘 전에
왔어야 해!"

나는 시간 돼지에게 큰 소리로 따졌어. 열흘 전의 일을 생각하면

눈물이 나올 것 같았거든.

"내가 잘못한 건 열흘 전이야. 오늘이 아니고."

"친구, 오늘이 맞아. 넌 오늘 또 잘못을 저지르게 돼."

시간 돼지의 목소리는 낮고 부드러웠어.

"오늘? 내가 무슨 잘못을 저지르는데? 말해 봐, 뭔데!"

나도 모르게 시간 돼지의 양복 재킷 소매를 꽉 붙잡았어. 시간
돼지는 대답하지 않았어. 영원히 말하지 않을 것처럼 입을 꼭
다물고 있다가 시소에 앉더니 한쪽 다리를 꼬았지.

"그게…… 흠, 말하자면 긴데. 아, 잠깐! 에너지 좀 보충하고.
시간 여행이 보통 힘든 게 아니거든. 쩝."

시간 돼지가 반바지 오른쪽 주머니에서 동글동글한 병을
꺼냈어. 병에는 혓바닥을 쑥 내밀고 대자로 뻗은 돼지의 사진이
붙어 있었지. 그 모습이 무척 지쳐 보였어. 그런데 뚜껑을 열자
작은 구름이 펑 하고 솟더니 그 돼지가 벌떡 일어나지 뭐야.
게다가 방긋방긋 웃으며 훌라후프를 돌리고 춤까지 췄어. 나는
너무 놀라서 딸꾹질이 났지.

"짠, 팔팔 요구르트! 방금 봤지? 마시면 힘이 팔팔 나. 시간
돼지들이 본격적으로 일하기 전에 꼭 마시는 음료야."

시간 돼지는 분홍색 숟가락으로 요구르트를 떠먹기 시작했어.

"친구, 젖은 양말처럼 축 늘어졌군. 심한데?"

나는 엉겁결에 요구르트를 받았어. 안 먹으려고 했는데 돼지가
너무 맛있게 먹잖아. 한 입 먹어 봤지. 첫맛은 새콤, 뒷맛은 달콤.
먹을수록 아랫배가 따뜻해지면서 기운이 불끈불끈 솟았어.

"그래, 너도 기운이 나야 뭘 하지. 이번 일은 아주아주 까다로울
것 같거든. 그래도 너무 걱정 마. 내가 있잖아. 과거 바꿈 연구소에서

가장 잘나가는 시간 돼지가 바로 나야, 나!"

팔팔 요구르트를 퍼먹던 시간 돼지는 내 일을 뚝딱 해결할
자신이 있다면서 숟가락을 허공에 흔들어 댔어. 그때 팅, 팅, 팅,
핸드폰 메시지 알람이 울렸지.

"아……!"

심장이 쿵 내려앉았어. 부들부들 떨리는 손으로 핸드폰
화면을 보고 또 봤어. 가만히 바라보고 있는데 화면 위로
무언가 떨어지더니 분홍 얼룩이 묻어났어. 후드득후드득, 분홍색
구름에서 비가 내리기 시작한 거야. 내 옷에도 금세 분홍 얼룩이
생겼지.

"남은 시간, 6시간 12분 19초!"

시간 돼지가 심각한 표정으로 황금 시계를 들어 올렸어.

2
모든 것의 시작

모든 것의 시작은 목요일이었어. 빙글빙글 떡볶이 가게에서
신메뉴인 치즈떡튀김을 먹던 날.

학교가 끝나면 나랑 아린이는 늘 빙글빙글 떡볶이 가게를
들렀다가 피아노 학원에 가. 그 가게는 작고 허름해서 문도 삐거덕,
의자와 테이블도 삐거덕 소리가 나지만, 달콤하고 쫄깃한 떡볶이는
세상에서 제일 맛있어. 아린이가 빙글빙글 떡볶이 가게로 가면서
말했어.

"세상이 빙글빙글 도는 것 같아."

"빙글빙글? 배고파? 아, 우리 음악 시간에 킹콩처럼 노래 불러서
그래!"

"뭐? 키잉콩?"

아린이가 까르르 웃음을 터뜨렸어. 내가 어떤 우스갯소리를 하든 아린이는 항상 웃어. 학원은 정말 재미없지만, 아린이랑 함께라면 두 곳도 다닐 수 있어. 아니 세 곳도 괜찮아.

내가 입을 헤벌리고 웃는데, 아린이가 손가락을 내 입에 훅 집어넣었어.

"읍!"

"저번에 네가 맛있다고 했잖아. 선물이야."

아린이는 내 입에서 손을 빼더니 손가락을 깐닥깐닥 흔들며 웃었어. 그런데 입안에서 달콤한 맛이 나지 뭐야. 아린이가 내 입에 넣은 건 캐나다에 사는 아린이 이모가 선물한 초콜릿이었어. 내가 혼잣말로 또 먹고 싶다고 했는데, 아린이가 들었나 봐. 내 말을 기억해 주다니, 가슴이 따뜻해지면서 심장이 초콜릿처럼 사르르 녹는 것 같았어.

"시유야, 또 풀렸네."

아린이가 아래를 가리켰어. 손가락을 따라가자 내 운동화 끈이 지렁이처럼 늘어져 있었어. 아린이는 냉큼 앉더니 끈을 딴딴하게 묶어 주었지. 아린이의 분홍 운동화가 내 하얀 운동화에 닿았어.

"아린아, 네 운동화 정말 예뻐!"

나도 아린이처럼 분홍 운동화를 신고 싶었어. 하지만 아빠는 고모가 생일 선물로 준 하얀 운동화가 있다고 다음에 사 준대. 신발 가게 유리창에 딱 붙어서 분홍 운동화를 바라볼 때면 속이 상했어. 그럴 때마다 헛헛한 마음을 떡볶이로 달래야 했지.

"시유야, 우리 신발 바꿔 신을까?"

"정말? 그래도 돼?"

분홍 운동화를 신는다는 상상만으로도 가슴이 콩닥거렸어. 우리는 마주 보고 빙그레 웃으며 운동화를 바꿔 신었어. 그리고 킹콩처럼 큰 소리로 노래 부르며 빙글빙글 떡볶이 가게로 뛰어갔지. 그때 피아노 학원 앞에 서 있는 조이가 보였어.

"조이야, 같이 떡볶이 먹자!"

우리는 합창하듯 동시에 말했어. 동글동글한 안경 너머로 조이가 싱긋 웃더니 피아노 학원으로 들어갔어. 조이는 피아노를 엄청 좋아해. 아마 떡볶이보다 피아노를 더 좋아할 거야. 우리는 조이에게 손을 흔들고 빙글빙글 떡볶이 가게로 들어갔지. 뿌옇게 김이 서린 유리문을 열자마자 달짝지근한 양념 냄새가 우리를 반겼어.

"시유야, 오늘 글짓기 시간에 뭐 썼어?"

아린이가 포크로 떡볶이를 콕 찍더니 물었어.

"아, 꿈에 대해 쓰는 거? 난…… 떡볶이!"

"에이, 정말 뭐라고 썼어?"

"안 썼는데…… 아무것도."

"왜?"

"아직 꿈이 없어서. 넌 피아니스트지?"

"헉! 말도 안 했는데 어떻게 알았어?"

아린이는 초롱초롱한 눈으로 손바닥을 딱 쳤어.

"베프니까 그 정도는 알지!"

나는 가슴을 퉁퉁 치고 떡볶이를 한 입 크게 베어 물었어.

"맞아. 내 꿈은 유치원 때부터 계속 피아니스트야. 그래서 누가
물어보면 대답하기 쉬워. 물론 조이처럼 피아노를 잘 치지는
못하지만…… 엄마가 나도 연습하면 조이처럼 칠 수 있을 거래.
시유야, 너도 빨리 꿈이 생겼으면 좋겠다. 그치? 아, 우리 새로
나온 치즈떡튀김 먹어 볼래?"

"오, 맛있겠다!"

나는 떡볶이 국물을 호로록 마시며 생각했어.

'사실, 내 꿈은 우리가 계속 베프인 거야. 나랑 너랑 할머니가 될 때까지.'

정말 멋진 꿈이라 생각했지. 그날따라 떡볶이 국물도 입에 짝짝 달라붙는 것 같았어. 새로 나온 메뉴인 치즈떡튀김은 쫄깃하고 고소했어. 우리는 마지막 남은 하나를 서로 먹으라고 양보했지. 그런데 난데없이 공중에서 포크가 쓱 내려오지 뭐야.

"요건 내 것!"

태풍이가 빙글거리며 치즈떡튀김을 잽싸게 채 갔어.

"오, 딜리셔스!"

태풍이 눈이 뚱그레졌어. 우리 눈은 가늘어졌지. 쩝쩝거리며 먹던 태풍이가 분위기를 눈치챘는지 뜬금없이 공부 이야기를 꺼냈어.

"아린이 너는 왜 영어 학원 안 다녀? 잉글리시는 베리 베리 임포턴트 하다고."

태풍이는 영어를 잘해. 자랑은 더 잘하고. 평소에도 일부러 영어를 섞어 쓰고는 해서 꼴 보기 싫을 때가 한두 번이 아니었어. 이날도 역시 마찬가지였지.

"난, 그냥 집에서 공부하는데. 엄마랑……"

아린이 얼굴이 굳었어. 태풍이가 치즈떡튀김을 마음대로
가져가서 먹은 데다 뜬금없는 질문을 하니까 기분이 상했나 봐.

"오, 노! 이제 넌 거기 가면 영어로만 말할 텐데. 온니 잉글리시!"

태풍이가 알아듣지 못할 말을 했어. 아린이는 깜짝 놀란 얼굴로
태풍이를 바라봤지.

"아 참, 시크릿이지!"

태풍이가 큰 실수를 했다는 듯이 손으로 입을 막았어. 그 순간
차가운 바람이 어디선가 불어온 것처럼 마음이 시렸어.

'베프인 내가 모르는 아린이 비밀을 태풍이가 안다고?'

나는 아린이랑 태풍이를 번갈아 바라봤어.

"아린아, 너…… 어디 가?"

"으음."

아린이는 우물우물 말을 흐렸어.

"이시유, 몰랐냐? 아린이 이민 가잖아. 캐나다로. 무슨 베프가 이런 것도 모르냐?"

태풍이가 내 쪽으로 얼굴을 바짝 가져다 댔어.

'아린이가 이민을 간다고?'

심장이 쿵쿵 뛰고 머리가 하얘졌어.

"오, 마이, 갓! 정말 몰랐어?"

태풍이는 입을 쩍 벌리더니 고개를 절레절레 흔들었어.

'이민은…… 외국으로 이사 간다는 건데. 거기다 캐나다라고?'

세상이 빙글빙글 도는 것처럼 어지러웠어. 빙글빙글 떡볶이 가게가 정말 빙글빙글 돌고 있는 듯이. 그러다 번뜩 떠올랐지. 며칠 전 놀이공원에서 바이킹을 타고 내려오면서 아린이가 언뜻 말했던 것 같아.

"엄마가 멀리 이사 간다고 해서 엉엉 울었어. 밥도 안 먹고, 피아노도 다시는 안 친다고 했어. 그랬더니 안 간대. 잘했지?"

"잘했어! 심장 떨어지는 줄 알았잖아."

아린이 엄마가 이사 안 간다고 했는데. 이사 가면 아린이는 피아노도 그만둔다고 했는데. 나는 아린이를 바라봤어. 무슨 말이라도 해 주길 바랐지.

태풍이 말이 거짓말이라고 말해 주면 더 좋을 것 같았어. 하지만 아린이는 시무룩한 표정으로 가만히 앉아 있을 뿐이었어.

'아린이, 정말 이민 가는 거야?'

심장이 땅속으로 쿵 떨어지는 것 같았어.

3
쨍그랑

다음 날도 우리는 수업이 끝나고 빙글빙글 떡볶이 가게로 갔어.
겉으로는 달라진 게 없었지만 난 편히 웃을 수 없었어.

"시유야, 우리 그거 또 먹자. 치즈떡튀김! 진짜 고소해서 어제
집에서도 계속 생각나더라. 히히!"

나는 슬픈데 아린이는 아무 일도 없었다는 듯 즐거워 보였어.
당황스러울 정도였지.

'내가 어제 잘못 들었나?'

눈을 뚱그렇게 뜨고 아린이를 바라보았어.

"아린아, 진짜 이민 가는 거 맞아?"

"으응. 나는 계속 싫다고 했는데 엄마 아빠가 일 때문에 가야

한대. 할 수 없지, 뭐. 시유야, 놀러 올 거지? 거기 엄청 큰
놀이공원도 있다? 우리 거기서 놀면 정말 재밌을걸. 앗, 떡볶이
나왔다!"

아린이는 포크로 떡볶이를 콕 찍더니 입에 쏙 넣었어. 평소에는
그런 아린이가 귀여워 보였는데 지금은 얄미웠어.

'아린이는 나랑 헤어지는 게 하나도 안 슬픈가 봐.'

나는 정말 속상했지.

"거기 가면 여러 나라에서 온 친구를 사귈 수 있대. 좋겠지?
내가 영상 통화로 다 소개해 줄게."

아린이가 웃는 걸 보니 가슴이 찌릿찌릿하고 아렸어.

'너무해! 놀이공원이랑 새로 사귈 친구들 얘기만 하잖아.'

나는 어젯밤에 우정 앨범을 만드느라 늦게 잤는데 말이야.
섭섭해서 눈물이 그렁그렁 차올랐어. 눈앞의 떡볶이가 흐릿하게
보였지. 울지 않으려고 힘을 줬지만 결국 눈물이 똑 떨어졌어. 나는
주먹을 꽉 쥐고 일어나서 걸어갔어. 이대로는 바보처럼 엉엉 울 것
같아서 더 이상 앉아 있을 수가 없었거든.

"어, 어…… 시유야, 같이 가!"

당황한 아린이가 뒤따라오는 게 느껴졌어. 나는 보란 듯이

떡볶이 가게 문을 있는 힘껏 확 열어젖혔어. 유리문이 비명을
지르듯 삐거덕 소리를 냈지. 먼저 밖으로 나간 나는 그대로 문을
놓았어. 그러자 활짝 열린 유리문이 끼이이익 날카로운 소리를
내며 빠르게 닫혔어.

쨍그랑!

순식간이었지. 유리문이 와장창 깨졌어.

"아아악!"

아린이의 비명이 들렸어. 나는 너무 놀라서 돌처럼 서 있었어.
손가락 하나 움직일 수 없었어.

떡볶이 가게 할머니가 소스라쳐서 뛰어오고, 아이들이
모여들었지. 웅성거리는 소리, 분주한 발걸음 소리가 들리더니
누군가가 119에 전화를 걸었어. 모든 소리가 뭉쳐서 잘 들리지
않았어. 웅웅 울리다가 메아리처럼 흩어졌지.

모든 게 거짓 같았어. 보고도 믿을 수 없었어…….

그날, 아린이는 구급차에 실려 간 뒤 병원에 입원했어. 나는
무서웠어. 너무 무서웠어.

'어떡해!'

나는 아린이가 뒤따라오는 걸 알고 있었어. 그런데도 일부러
유리문을 놓은 거야. 꿀밤처럼 콩, 하고 유리문에 부딪친 머리가
살짝 아프길 바랐지. 그냥 골려 주려고 그랬어. 유리가 그렇게 쉽게
깨질 줄은 몰랐어. 그 유리에 아린이 손이 다칠 줄은 정말 몰랐어.

'어쨌든 내가 아린이를 다치게 했는걸.'

그런데 아무도 나에게 뭐라고 하지 않았어. 모두 아린이가
조심하지 않아서 다쳤다고 생각했지. 진실은 나만 알고 있었어.
나만…….

무서운 비밀이 생겨서일까? 그때부터 모든 게 변했어. 티브이도
시시하고, 게임도 별로였어. 밥맛도 없고 기운도 없었어. 친구들과
노는 것도 귀찮고, 음악 수업도 지루하기만 했지.

"시유! 우리 시유가 불러 볼까?"

선생님이 날 보고 웃었어. 평소 같으면 신나서 노래를
불렀겠지만 기운이 나지 않았어. 나는 말없이 고개를 저었지. 눈을
똥그랗게 뜬 친구들이 '웬일이야?' 하는 표정으로 바라봤어. 쉬는
시간에 책상에 엎드려 있는데 조이가 찾아왔어.

"시유야, 나랑 아린이 문병 갈래?"

나는 또 고개를 저었어. 아린이를 만나는 게 두려웠거든. 조이는

나를 가만히 지켜보다가 고개를 갸웃거리며 돌아갔지.

결국 며칠을 망설이다 혼자 병원에 가 봤어. 하지만 병실에 들어갈 용기는 나지 않았어. 병실 문 앞에서 서성이는데 열린 문 사이로 아린이가 살짝 보였어. 아린이 엄마가 복숭아를 작게 잘라서 입에 넣어 주고 있었지.

"미안해……."

나는 내 귀에만 들릴 정도로 아주 작게 말했어. 사실대로 말하고 사과할까 생각도 했어. 그런데 아린이가 나를 아주 못되고 이상한 아이로 여길 것 같았어. 너무 화가 나서 내 사과도 안 받아 줄까 봐 겁이 났어.

그때 핸드폰 알람이 울렸어.

시유야, 뭐 해?
놀러 와라. 나 심심해. 여기 복숭아 진짜 많아!

눈물이 핑 돌았어. 아린이는 내가 일부러 문을 놓은 걸 모르고 있어. 그래서 나를 계속 좋아해. 내가 문병 오기를 계속 기다리고 있어. 나는 눈물을 쓱쓱 닦고 모두 고백하기로 결심했어.

아린아. 있잖아, 그날······.

그날을 떠올리면 눈앞이 하얘지면서 머리가 어지러웠어.

핸드폰 자판을 두드리던 손이 멈추고, 솟아올랐던 용기는 점점

쪼그라들었어. 나는 운동화 속 발가락을 꽉 오므렸어.

'그래, 나중에. 아린이가 퇴원하면 그때 말해도 늦지 않아. 아플

때 이런 말 들으면 더 아플지도 몰라.'

계단을 내려가는데 얼굴이 화끈화끈했어.

'나는 겁쟁이야.'

입술을 깨물고 계단을 뛰어

내려갔어. 발밑에서

쨍그랑 소리가

들리는 것 같았어.

마치 유리를 밟고

달려가는 것처럼.

4 엄청난 소식

"이시유, 문병 안 가? 아린이가 많이 기다리던데."

문방구에서 지우개를 사고 나오는데 태풍이가 다가왔어.

"갈 거야. 나중에……."

"흠, 수상해."

태풍이 입꼬리가 삐죽 올라갔어.

"뭐, 뭐가?"

"맨날 방방 뛰더니 오늘은 축 처져 있네."

고개를 삐딱하게 세운 태풍이가 눈동자를 데굴데굴 굴리며

나를 뜯어봤어. 수상한 낌새를 발견하려는 것처럼 말이야.

그러더니 손가락으로 내 얼굴을 가리켰어.

"당장 털어놔. 숨기는 거!"

"없어, 그런 거."

"없기는? 발표쟁이가 수업 시간에 손도 안 들고, 선생님이 물어봐도 입만 꾹. 게다가 오늘은 돈가스도 남겼다며? 또 있다! 색종이 우주선도 안 접네. 애들이 그거 기다리던데. 아무튼 난 알아. 너…… 그 일 때문이지?"

"무, 무슨 일?"

태풍이가 모든 걸 알아차린 걸지도 몰라. 당장이라도 '이시유, 그때 일부러 문 놓았지?'라고 말할 것 같아서 숨이 막혔어. 침이 꿀떡꿀떡 넘어갔어.

"헤이, 시스터!"

태풍이가 내 어깨에 한 손을 척 올렸어. 그리고 난데없이 컵 떡볶이를 안겼어.

"다 방법이 있지. 베케이션을 캐나다로 가. 오케이? 파이팅!"

다리에 힘이 쭉 빠진 나는 하마터면 주저앉을 뻔했어. 내가 아린이 이민 때문에 우울하다고 생각했나 봐. 태풍이는 나에게 윙크를 날리고 영어 학원으로 씩씩하게 걸어갔어.

나는 컵 떡볶이를 들고 우두커니 서 있었어. 달콤하고 매콤한 냄새가 솔솔 났어. 하지만 아린이가 떠올라서 도저히 먹을 수가 없었어. 그때 피아노 학원에서 나오는 조이가 보였어.

"조이야, 이거 먹을래?"

"좋아!"

조이는 배가 고팠는지 떡볶이를 두 개씩 입에 넣었어.

"시유야, 너도 학원 끝났지? 우리 떡볶이 사서 아린이 보러 가자."

"나는…… 나중에 가려고."

내 목소리는 점점 작아졌어. 떡볶이를 입에 가져가던 조이가 손을 멈췄어. 나를 빤히 바라보는 눈길에 얼굴이 확 달아올랐지.

조이와 헤어지고 집에 가면서 핸드폰을 살폈어. 핸드폰에는
아린이가 보낸 메시지 43개가 잔뜩 쌓여 있었어. 그동안 아린이가
메시지를 보내도 겁이 나서 읽지 않았거든. 바르르 떨리는
손가락으로 메시지를 꾹 눌렀어.

시유야, 왜 안 와?
보고 싶은데.

'미안해, 아린아.'
나도 아린이가 보고 싶었어. 같이 조잘조잘 떠들고, 까르르 웃고
싶었어. 그러다 보니 문득 용기가 생겼어. 미안하다고 말은 못 해도
걱정은 할 수 있잖아.

아린아, 많이 아파?

그 말을 쓰는 데 엄청 오래 걸렸어. 입안에서 빙글빙글 맴도는
말이 더 있었지만, 그건 쓰지 못했어. 결국 진짜 하고 싶은 말은
꿀꺽 삼켜 버렸지. 간신히 썼던 글자들도 모두 지워 버렸어.

다음 날, 1교시가 끝났을 때 조이가 다가왔어. 어제 먹은 떡볶이가 엄청 맛있었다면서 요구르트를 건넸어. 그리고 내 눈치를 보더니 소곤소곤 속삭였어.

"나, 어제 아린이한테 갔었거든. 근데 네 이야길 했더니 갑자기 얼굴을 찡그렸어. 혹시 둘이 싸웠어?"

나는 놀라서 숨을 흡, 들이마셨어.

"그리고 아린이 말이야, 이제 피아노 못 친대. 손 다쳐서……. 놀랐지? 나도 충격이었는데, 넌 더 그렇겠다! 아린이가 널 따라가다가 그랬다며?"

'어떡해!'

일은 걷잡을 수 없이 커져 갔어. 손에 힘이 풀리면서 요구르트가 바닥에 툭 떨어졌어.

5
시간 돼지의 조언

너무 무섭고 두려웠어. 아무도 없는 곳에 꽁꽁 숨어 버리고 싶었어. 일이 너무 커져 버려서 용기를 낼 수도 없었어. 그냥 다 잊고, 없었던 일로 만들고 싶었어.

그런데 난데없이 시간 돼지가 나타난 거야. 미래의 내가 어쩌고저쩌고, 후회를 한다느니 이러쿵저러쿵. 내 머리를 온통 뒤집어 놨어. 게다가 내가 후회할 일을 또, 저지른다나? 괜히 겁주지 말라고 따지려는데 핸드폰이 팅, 팅, 팅 울렸어.

"쯧, 드디어 시작이군!"

시간 돼지는 차마 못 보겠다는 듯 두 눈을 질끈 감았어.

시유야,
내가 무슨 말을 들었거든.
너, 나한테 할 말 없어?

핸드폰에 뜬 메시지를 본 순간, 손이 덜덜 떨렸어. 드디어
아린이가 안 거야. 내가 일부러 문을 놓았다고 누군가가 말했나
봐. 그날 떡볶이 가게에 친구들이 많았으니까 누구 한 명은
알았겠지. 심장이 몸 밖으로 튀어나올 듯 쿵쾅거렸어.

바들바들 떨리는 손으로 답장을 쓰는데 연락이 또 왔어.

어젯밤 꿈에 너랑 나랑 노래 불렀는데. 빙글빙글 돌면서.
근데 톡도 안 보고, 나 보러 오지도 않고.
오늘은 꼭 보고 싶어. 연락해. 꼭!
혹시…… 어디 아파?

나는 심호흡을 하며 가슴을 쓸어내렸어. 아린이는 그냥 내
소식이 궁금해서 메시지를 보냈나 봐. 정말 다행이었어. 하지만 곧
내 마음은 포크로 콕콕 찔린 것처럼 아팠어.

"친구, 잠깐 시간 되지? 조언 들을 시간."

시간 돼지의 몸에서 또 빛이 분수처럼 뿜어져 나왔어. 머리

위로는 '시간 돼지의 소중한 조언'이라고 쓰인 황금빛 간판이
둥실둥실 떠 있었지.

"천천히, 잘 생각해서 답장 보내. 한 번 날아간 말은 돌아오지
않아. 알지?"

시간 돼지는 눈에 힘을 팍 주고 양손을 작은 날개처럼 파닥였어.
조언을 흘려듣지 말라고 다시금 말했지. 나는 조금 망설이다가
핸드폰 화면을 켰어.

'그래, 미안하다는 말은 못 해도 답장은 할 수 있잖아? 궁금할
거야. 왜 내가 연락도 안 하고, 문병도 안 오는지…….'

가만가만 말을 골랐어. 그런데 아무리 생각해도 적당한 핑계를
찾기 힘들었어. 갑자기 수술을 했다고 할 수도 없고, 여행을
갔다고 할 수도 없고. 거짓말하는 게 이렇게 어려운 줄 처음
알았어.

> 아니, 안 아파. 그냥 바빠.

"그냥 바빠? 으악! 이걸 보낸 거야?"
얼굴이 빨개진 시간 돼지가 발을 동동 굴렀어. 볼과 뱃살이

동시에 출렁거렸지. 나도 내용이 썩 마음에 든 건 아니야. 하지만 더 좋은 핑계가 안 떠올랐어. 아린이는 메시지를 읽고도 답장을 보내지 않았어. 그러다가 몇 분 뒤 답장이 왔어.

 그럼 다행.

아까와는 영 분위기가 달랐어. 말도 짧고, 왠지 글자에서 쌀쌀한 바람이 느껴졌어.

"하아, 느낌이 안 좋은데."

시간 돼지가 초조한 듯 입술을 깨물더니 내 주위를 빙글빙글 돌았어.

"되지, 되지, 뭐든지 되지. 아무리 까다로워도 해결하고 말지. 나는야 시간 돼지! 그래, 생각났어!"

시간 돼지가 바지 오른쪽 주머니에서 뭔가를 꺼냈어. 그건 아주 커다란 입이었어. 입은 시간 돼지 손에서 날아오르더니 공중에 동동 떠다녔지. 이 돼지, 역시 그냥 돼지는 아닌가 봐.

"똑딱똑딱 입이야. 어떤 말을 할지 모르겠을 때 도와주지. 똑 소리 나게, 딱 말해 줘. 손가락으로 꾹 눌러 봐!"

　나는 침을 꼴깍 삼키고 다가갔어. 그리고 입술에 손가락을 댔어.
내 손가락 자국이 딱 찍혔지. 그 순간 입술이 빤짝빤짝 빛을 내더니
초콜릿 구슬들을 와다닥 쏟아 냈어. 초콜릿 구슬들은 작은 바람을
휘잉 일으키며 잽싸게 문장을 만들었어.

　"첫 번째, 얼마 전부터 네 맘속에 빙글빙글 도는 말! 그걸 하래."

　시간 돼지가 눈을 반짝거리며 날 바라봤어.

　'미안해? 하지만……'

　얘기하고 싶다고 해서 다 말할 수 있는 건 아니야. 꿀꺽 삼켜지는

말들이 더 많거든.

"싫어? 안 내켜? 그럼 두 번째, 만나러 가겠다고 하래! 이거다, 이거!"

시간 돼지가 박수를 요란하게 치며 아까보다 더 눈을 반짝거렸어. 나는 천천히 고개를 저었어. 용기가 안 났거든. 시간 돼지가 쩝쩝 입맛을 다시고 팡팡 가슴을 두드렸어. 나는 똑딱똑딱 입이 추천한 말을 모두 거절했어. 대신 다른 말을 보냈지. 좀 더 그럴듯하게 변명하면 아린이 마음이 편해질지도 모르니까. 그게 거짓말일지라도 말이야.

보러 가려고 했는데 시간이 없네!
엄청 중요한 일이 생겼거든. 앞으로도 무지무지 바쁠 거야.

"캑! 컥! 허어헉! 꺄릉!"

입을 쩍 벌린 시간 돼지가 눈을 빙그르르 돌리더니 바닥을 데굴데굴 굴렀어. 고개를 절레절레 흔들면서 말이야. 하지만 바쁘다는 얘기 말고 할 수 있는 말이 없었어. 무슨 말을 해야 연락을 무시하고 문병도 안 간 변명이 될지 몰랐거든.

"제발 천천히 잘 생각해서 보내! 아, 너무 충격이라 치즈 좀 먹어야겠음."

시간 돼지가 왼쪽 바지 주머니에서 손바닥 모양의 치즈를 꺼냈어.

"보이지? 토닥토닥 치즈. 엉덩이를 토닥토닥, 등허리를 토닥토닥, 마음을 토닥토닥. 충격받거나 불안할 때 먹어. 바로 지금처럼 말이야!"

시간 돼지는 치즈를 야금거리며 날 빤히 바라봤어.

"어려워서 그래. 힘들단 말이야. 무슨 말을 해야 할지 모르겠다고!"

"흐음, 이미 알고 있을 텐데?"

시간 돼지가 입꼬리를 올리며 히죽 웃었어. 나는 왠지 모르게 뜨끔했지. 저 돼지는 내 마음을 다 아나 봐. 그때 아린이가 메시지를 읽었어. 그런데…… 오랫동안 답장을 안 하지 뭐야. 대화가 뚝 끊겨 버렸어. 그제야 실수했다는 생각이 퍼뜩 들었어. 어쩌면 내가 고른, 바쁘다는 말은 아린이에게는 최악의 대답이었을지도 몰라. 엄청 서운하고 섭섭한 핑계 말이야.

어떻게든 빠져나가 보려고 변명했는데 상황이 해결되기는커녕
점점 나빠졌어. 마음만 더 무겁고 힘들어졌어. 문득 더 이상
도망칠 수 없다는 생각이 들었어. 그냥 사실대로 말했어야 했나
봐. 아린이는 이해해 줬을지도 모르는데. 지금은 너무 늦었을까?
일단 아린이를 만나야겠어!

문병 갈까?

메시지를 보냈지만 여전히 답장은 없었어.

나, 문병 갈 수 있는데.
갈 수 있어. 갈게!

아린이가 대답해 준다면 당장 달려가려고 했어. 만나서 모두
말하고 사과할 거야. 답장을 간절히 기다리고 있는데 알람이
울렸어. 너무 기뻐서 소리를 지를 뻔했지.

아니, 오지 마. 나도 시간 없어.
이제 연락 안 할게.

글자에서 차디찬 바람이 쌩 불어왔어. 나와 아린이 사이에
열렸던 창문이 탁 하고 닫힌 기분이 들었어. 얼굴은 홧홧하고
가슴은 아렸어.

'엉망이 돼 버렸어. 시간 돼지 조언대로 찬찬히 잘 생각해서
보낼걸. 바쁘다는 핑계 말고, 솔직하게 말할걸.'

아린이가 이사를 간 것도 아닌데, 우리 사이가 한국과 캐나다의
거리만큼 멀어진 것 같았어. 아니, 하늘만큼 우주만큼 멀어진

것처럼 느껴졌지.

'이제는 손잡고 웃지 못하겠지?
운동화를 바꿔 신지도, 같이 킹콩처럼
노래를 부르지도 못하겠지? 다정하게
이름을 부르지도 못할 거야.'

우리 사이도 유리처럼 조각조각
부서져 내린 것 같았어.

"남은 시간, 4시간 52분 11초!"

시간 돼지가 황금 시계를 들어 올렸어. 마음이 슬퍼서인지 돼지의 모습이 조금 다르게 보였어. 빵빵하던 볼은 살이 쏙 빠져 있었어. 반짝반짝 윤이 나던 얼굴도 까칠해지고, 눈 밑에는 짙은 다크서클도 생겨서 꼭 너구리처럼 보였어.

6
후회의 냄새

울다가 게임하고 울다가 게임하고. 그렇게 시간이 흘렀어.
빗방울이 멈췄나 고개를 드니, 시간 돼지가 우산을 들고 있더라.
여전히 하늘에선 분홍 비가 내리고 있었지.

"킁킁킁! 냄새가 나!"

시간 돼지는 코를 벌름거렸어. 분홍 비에서는 살짝 짠 내가
났어. 바닷가에서 풍기는 냄새 말이야. 언젠가 눈물을 먹어 본 적
있는데, 약간 짭짤하더라. 아마 눈물이 비가 되면 이런 냄새가 날
거야.

"킁킁킁! 후회의 냄새! 네가 뽐는 후회의 냄새. 눈물처럼
짭조름한 냄새. 킁킁킁!"

시간 돼지는 내 머리와 가슴에 둥근 코를 갖다 대고
구시렁거렸어.

"그만 좀 해. 이젠 내가 어떤 말을 해도 아린이는 믿지 않을걸.
나를 미워할 거야."

"전혀 그렇지 않아."

"됐어. 지금 내가 뒤늦게 노력한다고 해 봐. 뭐가 달라져?
아린이는 캐나다로 이민 가. 이제 나랑 놀지도 못하고, 떡볶이도
같이 못 먹고, 학원도 같이 못 다녀. 앞으로는 같이 할 수 있는 게
하나도 없단 말이야."

"많은 것."

"뭐라고?"

"많은 게 달라진다고."

시간 돼지가 내 눈을 똑바로 바라보며 말했어.

"남은 시간, 2시간 48분 13초!"

그때였어. 얼굴에서 번쩍번쩍 광이 나던 꿀꿀이는 온데간데없고,
낯선 홀쭉이가 눈앞에 서 있지 뭐야.

"돼지…… 너, 왜 그래?"

살이 쪽 빠져서 양복이 헐렁했고, 얼굴에는 주름이 잔뜩

생겼더라고. 다크서클은 턱까지 내려오고 말이야.

"나? 네 과거를 바꿀 수 있는 시간이 점점 줄어들어서 그래. 후회할 일이 쌓이면 더 그렇고."

시간 돼지의 모습을 보니 마음이 영 불편하지 뭐야. 내가 선택을 잘못해서 저렇게 변했나 싶었어.

"시간이 없어. 시간 사자도 곧 눈치챌 거야. 어서 네 마음을 정해! 시간 사자는 과거가 바뀌는 걸 막는다고! 부르릉, 검은색 오토바이를 타고 우리를 쫓아와서 무시무시한 이빨로 꽉!"

시간 돼지는 누군가에게 쫓기는 듯 자꾸 주위를 두리번거렸어. 돌돌 말린 꼬리를 빙글빙글 돌리면서 몹시 불안해했지.

"뭘 정하라는 거야?"

"네 마음을 잘 들여다보고, 뭘 하고 싶은지 찾아보라고."

"그럼…… 나는 유리문이 깨지기 전으로 돌아가고 싶어."

"미래의 너는 분명 오늘이라고 했어."

"아니야. 유리문을 놓지 않았다면 아린이는 다치지 않았을 거야. 날 그날로 돌아가게 해 줘!"

"그날이 아니라니까."

"아이, 답답해! 미래의 나는 도대체 뭘 바꾸고 싶은 건데?"

"네가 정말 후회하는 거, 그건……
끝까지 사과를 안 한 거야."

그 순간, 시간이 멈춘 것 같았어. 나는 휘두르던 팔을 멈추고
멍하니 서 있었어.

"너는 아린이를 다치게 하려고 유리문을 놓은 게 아냐. 그저
심통이 나서 좀 골려 주려고 했을 뿐이지. 하지만 사과는

했어야지. 아린이가 많이

다쳤잖아. 상처 입은 건

아린이만이 아니야. 미래의 넌, 이 일 때문에 아주 힘들어해."

"지금도 힘들어……"

나는 조그맣게 말했어.

"친구, 그래서 내가 과거를 바꾸러 왔잖아! 마지막 기회인 이

시간을 소중히 써. 참! 미래의 시유가 전하고 싶은 게 있대."

　시간 돼지가 오른쪽 바지 주머니에서 분홍색 장갑 두 켤레를

꺼냈어. 손등 부분엔 웃는 돼지 얼굴이 황금빛 실로 새겨져

있었지.

　"시간 장갑은 시간을 넘어서 목소리와 마음을 전해 줘. 장갑을

끼고 손을 잡으면 돼."

　시간 장갑을 낀 우리는 마주 보고 손을 잡았어. 시간 돼지가

눈을 감는 걸 보고 나도 따라서 감았지.

‘뭐야, 아무것도 안 들리잖아.’

그때였어. 손이 따뜻해지더니 전기가 찌릿찌릿 올랐어. 그리고 누군가 헉헉 숨을 몰아쉬면서 말했어.

‘가야 해, 어서! 용기를 내. 사실 너도 가고 싶잖아! 말하러 가자, 이시유!’

그건 동굴에서 울리는 목소리처럼 내 몸 전체에 크게 울리고 있었어. 미래의 내가, 현재의 나에게 외치는 소리였지. 심장이 마구 뛰었어. 쿵, 쿵, 쿵, 쿵!

나는 끼고 있던 시간 장갑을 휙 벗어 던졌어. 미래의 내 마음을 알게 되었더니 가슴이 터질 것 같았거든. 그런데 이상하게도 말이야, 시간 장갑을 벗었는데도 계속 목소리가 들려왔어.

‘용기를 내. 너도 가고 싶잖아! 가자, 이시유!’

아까 그 목소리는 아니었어. 그렇지만 내가 아는 목소리였어. 그것도 아주 잘 아는 목소리. 그건…… 지금의 내 목소리였어!

입을 벌리고 얼떨떨하게 앉아 있는데 시간 돼지가 나를 바라보았어. 눈을 가늘게 뜨고 관찰하듯이 말이야.

“그래, 네가 싫다면 어쩔 수 없지. 결정은 네 몫이야.”

별안간 시간 돼지가 한숨을 푹 쉬고는 쭈그리고 앉았어. 퀭한 눈으로 혼잣말을 했지.

"맨날 나 혼자 발 동동, 가슴 팡팡, 땀 뻘뻘. 그럼 뭐 해? 안 듣는데. 싫다는데. 아, 실패했다고 어떻게 말해? 실망한 의뢰인 얼굴을 어떻게 봐? 눈물도 뚝뚝 흘리겠지? 아, 마음 아파, 찢어져. 차라리 다른 돼지로 바꿔 달라고 빽빽대는 의뢰인이 낫지. 흑흑!"

시간 돼지가 양손으로 귀를 잡더니 무릎에 얼굴을 파묻었어. 괴로워 보였어. 코를 훌쩍이면서 뭐라고 계속 중얼거리는데 잘 안 들렸어. 내 마음속 소리가 너무 커서 그랬나 봐.

"아린이한테 가자. 어서!"

나는 내가 가야 할 곳, 너무나 가고 싶었지만 차마 가지 못한 곳을 향해서 힘껏 달렸어. 숨이 턱까지 차올랐어. 헉헉대면서 달리다가 옆을 봤는데, 언제 따라왔는지 시간 돼지가 귀를 펄럭이면서 함께 뛰고 있더라고.

"오, 남은 시간 2시간 1분 48초! 친구, 우리 시간 좀 아낄까?"

속눈썹에 눈물방울을 대롱대롱 매단 시간 돼지가 방글방글 웃었어. 시간 돼지는 아까보다 살이 더 빠져 있었어. 이젠 돼지라고 부르기도 애매할 정도로 말이야.

내 마음을 아는지 모르는지 시간 돼지는 즐거운 듯

흥얼거리더니 오른쪽 바지 주머니에서 콩알만 한 분홍색 젤리를
꺼냈어.

"이건 회오리 젤리야. 어디든 빠르게 데려다주지."

젤리가 빙글빙글 빠르게 돌면서 휙 떠올랐어. 환한 빛을
내뿜으며 부풀어 오른 젤리에서 바퀴가 톡, 손잡이가 쑥 나타났어.
동그란 시계도 턱 생겼지. 시간 돼지는 눈을 찡긋했어.

"친구, 냉큼 타라고!"

우리는 몽글몽글한 회오리 젤리를 타고 날아올랐어. 커다란
분홍빛 회오리가 뱅뱅 일더니 곧 시계 소리가 들렸어. 째깍, 째깍,
째깍! 병원이 눈앞에 나타나기까지는 3초도 걸리지 않았어.

"우아, 엄청 빨라!"

"되지, 되지, 뭐든지 되지. 아무리 까다로워도 해결하고 말지.
나는야 시간 돼지! 야호, 이번 일도 성공! 올해 대단한 돼지상도
내 거! 팬클럽 스타 돼지도 내 거! 하아, 난 너무 겸손해. 그만
겸손하자. 겸손 금지! 머지않아 이 돼지님은 연구소장이……."

"돼지, 나 먼저 갈게."

한껏 자랑 중인 시간 돼지를 두고 계단을 마구 뛰어
올라갔어. 마음이 급했거든. 떨리는 마음으로 아린이 병실을

찾았지.

"아린이? 어쩌나. 아침에 퇴원했어."

"네?"

"어디 들렀다가 공항으로 간다던데."

간호사 언니의 말에 다리가 휘청했어. 내가 마음을 못 정하고
갈팡질팡한 사이에 기회를 놓쳤나 봐. 조금만 빨리 올걸……

"으윽, 시간 사자 짓이야! 이렇게 일찍 올 줄 몰랐는데. 시간
사자들이 과거가 바뀌는 걸 막으려는 거야!"

시간 돼지는 몹시 당황했는지 꼬리를 정신없이 돌렸어. 그러다가 용수철처럼 팡 튀어 오르며 내 핸드폰을 가리켰지.

"그래! 사과는 전화로 해도 되잖아."

나는 고개를 끄덕였어. 망설이지 않고 서둘러 핸드폰 버튼을 눌렀지. 그런데…… 아린이 목소리 대신 없는 번호라는 안내가 흘러나왔어. 심장이 쿵, 내려앉았어. 내 몸에서 짭조름한 눈물 냄새가 폴폴 풍겼지. 바로 후회의 냄새였어.

"기운 내. 약간 일이 꼬였지만 방법은 있어. 내가 누구야? 뭐든지 되는 시간 돼지잖아. 황금 시계가 아린이가 어디에 있는지 찾아 줄 거야. 그리고 요것!"

시간 돼지는 오른쪽 바지 주머니에서 조그만 얼음 컵을 꺼냈어. 왜, 편의점에서 파는 얼음 컵 있잖아. 그거랑 비슷했어. 투명한 얼음 속에서 분홍색 시곗바늘이 빙글빙글 돌아가는 것만 빼고.

"시간 얼음은 1분 동안 시간을 멈추게 해 줘. 아주 긴급 상황에만 쓸 수 있지. 바로 지금처럼! 시간 사자랑 아린이가 시간 얼음 속에 멈춰 있을 동안, 우리는 회오리 젤리를 타고 슈웅

날아가서 금방 아린이를 만날 수 있어."

"정말? 돼지! 너밖에 없어, 정말로."

나는 눈물을 쓱쓱 닦고 시간 돼지 손을 덥석 잡았어.

"얼음, 땡! 하면 시간이 다시 흐를 거야. 내가 시간 사자를
따돌릴 테니까 너는 아린이랑, 헉!"

그때였어. 시간 돼지가 얼음처럼 굳었어. 불안한 표정으로
눈동자를 요리조리 굴리더니 고개를 갸웃대고 코를 킁킁거렸어.
그러더니 별안간 콧구멍이 냄비 뚜껑만큼 커지지 뭐야.

그래, 예상 못 한 일이 벌어진 거야.

7
또 다른 시간 돼지

"킁킁, 이건 시간 사자 냄새가 아니야. 킁, 새콤! 킁, 달콤! 킁킁, 새콤달콤?"

시간 돼지 코가 점점 빨갛게 달아올랐어.

"팔팔 요구르트? 헉, 시간 돼지? 꺅! 꺽! 꺄릉! 안 돼!"

시간 돼지가 당장 울 것 같은 얼굴로 꽥꽥 소리 질렀어.

"으악, 어떡해! 다른 시간 돼지가 왔어!"

머리에 두 손을 올린 시간 돼지가 뱅글뱅글 돌며 날뛰었어. 정신이 하나도 없었지.

"다른 시간 돼지? 그럼 어떻게 되는데?"

"이것 좀 봐! 아린이가 어디에 있는지 안 보이지?"

시간 돼지는 뜨거운 콧김을 뿜으며 황금 시계를 마구 흔들었어.
바닥이 꿀렁거리기만 할 뿐 영상은 나타나지 않았어.

"지금 다른 시간 돼지가 과거를 바꾸고 있어. 과거가 뒤죽박죽
섞이고 있다고!"

시간 돼지의 입술이 부르르 떨렸어.

"그러니까, 하아! 친구야, 이젠 네가 원하는 대로 과거를 바꿀 수
없게 됐어……. 흐아앙!"

나는 다리에 힘이 쭉 빠져서 바닥에 털썩 주저앉았어. 꼬리를 축
늘어뜨린 시간 돼지가 가만히 내 옆에 앉았어. 우리는 한참 동안
등을 맞대고 있었지.

어떻게 할 방법이 없어서 다시 학교로 터덜터덜 걸어갔어. 시간 돼지도 신발을 질질 끌면서 따라왔어.

'시간 사자? 다른 시간 돼지? 그래서 일이 틀어졌다고?'

내가 조금만 더 빨리 마음을 먹었다면 상황은 달라졌을 거야.

"조금 전에 우리 연구소장에게 연락해서 부탁했거든. 내가 너한테 다시 오게 해 달라고. 시간 돼지들이 동시에 나타나는 일은 진짜 특별한 상황이니까. 근데 피도 눈물도 없는 냉정한 돼지가 안 된대. 절대! 흠, 그래도 천 번쯤 부탁하면 들어주지 않을까?"

나는 대답 대신 시간 돼지 어깨를 토닥토닥 두드렸어.

학교는 일요일이 되면 선생님도, 친구들도 없어서 혼자 숨어 있기에 아주 좋아. 가끔 동네 할아버지 할머니들이 운동장을 빙글빙글 돌며 운동을 하지만 나한테는 신경도 안 쓰거든. 나는 언제나 그랬듯이 아까시나무 아래에 앉았어. 아무도 나한테 말을 걸지 않을 테니 가만히 숨어 있으려고 했지. 그런데 오늘은 평소와 달랐어. 누군가의 그림자가 드리워지더니 인기척이 느껴졌어.

"넌 숨고 싶을 때 여기에 잘 오잖아."

익숙한 목소리였어.

"시소와 미끄럼틀 사이, 아까시나무 아래."

아린이가 똑바로 서서 나를 내려다보고 있었어. 아린이는 날 잘 알아. 내가 어디에 숨는지도 다 알고. 심장이 쿵쿵 뛰었어. 열흘 만에 보는 아린이가 너무 반가웠어.

"나, 엄마한테 이사 안 간다고 했었어. 그런데 엄마가 몰래 준비한 거야. 나도 얼마 전에 알았어. 그래서 너한테 말을……."

말을 다 듣지 않아도 아린이의 마음을 알 수 있었어. 그러니까 이제 나도 아린이에게 못 했던 말을 해야 해.

"아린아, 미안해."

가슴속에서 맴돌던 말이 드디어 터져 나왔어.

"일부러 그런 게 아니야. 조금 골려 주려고 그런 건데, 그렇게 다칠 줄 몰랐어. 정말 미안해……. 빨리 사과했어야 했는데 너무 무서웠어. 네가 피아노를 얼마나 좋아하는데, 나 때문에……."

목소리가 마구 떨렸어. 다리는 후들거리고 눈물도 줄줄 흘렸지.

"너 때문이 아니야. 피아노는 싫어서 그만두는 거야. 네가 연락도 안 하고 문병도 안 와서 거짓말했어. 조이 말로는 학원은 꼬박꼬박 간다던데, 괘씸하고 섭섭해서 네 마음 불편하라고 그랬어. 나도 미안해. 병원에 오래 있었던 것도 손 때문이 아니라 다른 것 때문이고."

"그게 정말이야?"

나는 눈물범벅이 된 얼굴로 아린이를 꼭 안았어.

"그럼 피아노는 칠 수 있는 거야?"

"당연하지! 하지만 피아니스트는 안 될 거야. 그건 엄마 꿈이거든."

"우아! 아린이가 피아노를 칠 수 있다!"

너무 소리를 꽥꽥 질렀나? 운동하던 할아버지와 할머니가 우리를 바라봤어. 미끄럼틀 아래에 있던 돼지도 우리를 올려다봤지.

"돼지……? 아악!"

깜짝 놀랐어. 다시 봐도 미끄럼틀 아래에 있는 건 돼지였어. 반질반질 반짝이는 구두와 몸에 딱 맞다 못해 약간 작아 보이는 하얀 양복을 입은…… 돼지!

"쭉 지켜보고 있었지."

하얀 돼지는 미끄러지듯 빠르게 다가왔어.

"아, 난 아린이의 시간 돼지."

나는 아린이와 하얀 돼지를 번갈아 보고는 무슨 상황인지 알게 됐어.

“아린이는 후회했지. 그래서 내가 짠 나타난 거고.”

어른이 된 나와 아린이는 이 일을 많이 후회한 거야. 그래서 과거 바꿈 연구소를 찾아가서 시간 돼지에게 부탁한 거고.

“이제 이것도 사라지겠지?”

시간 돼지들이 싱긋 웃으며 돼지 코처럼 생긴 동그란 기계를 흔들었어. 거기엔 우리가 시간 돼지와 상담한 음성 파일이 들어 있었어. 곧 기계에서 내 목소리가 흘러나왔어.

“우연히 인터넷에서 아린이 기사를 봤어. 캐나다에서 유명한 식품 연구원이 됐더라. 행복해 보였어. 그런데 아린이를 생각할 때마다 가슴이 계속 따끔거려. 나는 그때 사과하지 않았어. 아린이는 다친 게 자기 잘못이라고 생각했을 거야. 조심하지 않아서 피아노를 못 치게 됐다고 후회했을 거야. 그때로 돌아가서 사실대로 말할래.

미안하다고!"

"어렸을 때 거짓말을 한 적이 있어. 아주 엄청난 거짓말. 연락도 없고 문병도 오지 않는 시유가 미워서. 하아, 내 거짓말 때문에 시유는 얼마나 힘들었을까?"

어른이 된 우리는 너무나 후회하고 있었어. 죄책감, 두려움, 부끄러움이 우리를 내내 따라다니는 것 같았지. 나는 그런 어른은 되기 싫었어.

"시유야, 미안하다고 말해 줘서 고마워."

"아린아, 솔직하게 말해 줘서 고마워."

우리는 서로를 꼭 안았어. 아린이가 이민을 가는 건 변하지 않았지만 이제는 그렇게 슬프지 않았어. 이게 끝이 아닐 것 같았거든. 베프는 쉽게 헤어지지 않잖아. 우리는 서로를 마주 보고 깔깔 웃었어. 그냥 얼굴만

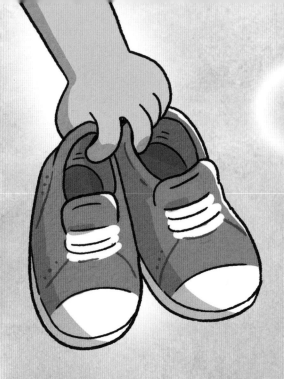

바라봐도 정말 좋은 거 있지?

아린이는 내게 종이 가방을 건네주었어. 거기엔 아린이의 분홍
운동화가 들어 있었어.

"네가 좋아하는 거잖아. 분홍 운동화."

아린이는 날 잘 알아. 내가 뭘 좋아하는지도 다. 나는 종이
가방을 두 팔로 꼭 끌어안았어.

"아린아, 우리 운동화 바꿔 신자."

우리는 빙그레 웃으며 운동화를 바꿔 신었어. 그리고 킹콩처럼

큰 소리로 노래 부르고 빙글빙글 돌았지.

"없어졌다!"

그때 시간 돼지들이 합창하듯 동시에 말했어. 돼지 코 기계가
사라졌지 뭐야. 우리의 상담 파일이 없어진 거야.

그래, 우리가 다른 미래를 만든 거지. 분홍 비도 더 이상 내리지
않았어. 맑은 하늘이 우리를 내려다보고 있었어.

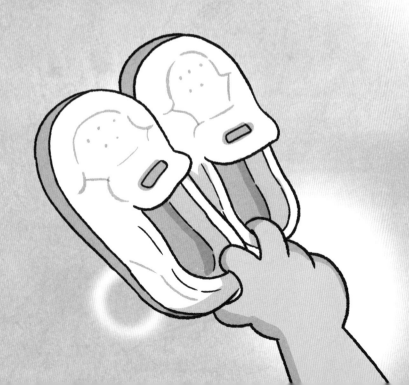

8
시간 속으로

"오, 남은 시간 13분 11초!"

황금 시계를 본 시간 돼지가 서둘러 학교 옆 강가로 달려갔어.
제시간에 미래로 돌아가지 못하면 시간 돼지는 영영 이곳에서
살아야 된대. 그것도 그냥 평범한 돼지로 말이야.

시간 돼지 중에 평범한 돼지로 변한 경우가 꽤 있다나 봐.
과거에 시간 돼지였는지는 어떻게 알아보냐고? 생각보다 쉽대.
시계를 보면 자꾸 빙글빙글 돈다나?

"헉, 안 돼!"

얼굴이 하얗게 질린 시간 돼지가 귀를 펄럭이며 뛰었어. 시간
돼지가 달릴수록 헐렁해진 바지가 점점 아래로 흘러내렸어.

"헉헉, 회오리 젤리한테 도와 달라고 하자."

"이미 말했지. 지금은 바쁘대!"

"그럼, 시간 얼음으로 시간을 얼리자."

"그러고 싶지. 하지만 시간 얼음은 날 위해선 못 써."

우리는 땀을 뻘뻘 흘리며 뛰었어. 시간 돼지는 초조한 듯
혓바닥을 날름대더니 갑자기 코를 더듬었어. 그리고 뭔가를
오물오물 씹었어. 뭘 먹는 건지 느낌이 왔지.

"나, 다 봤어."

"떨려서 그래, 떨려서."

"어, 그래. 그거 먹으면 좀 나아?"

"코딱지 아님. 토닥토닥 치즈임. 아까 반 먹고 반 남아서 코 위에
올려놓았음."

시간 돼지는 내가 무슨 생각을 하는지 다 안다면서 손으로
엑스를 만들었어. 피곤이 한꺼번에 몰려온다고 하품도 계속했지.
정말 그런 것 같았어. 토실토실 통통한 돼지 대신 빼빼 마른
말라깽이 돼지가 내 옆에 있었거든. 나를 도와주다가 살이 쭉쭉
빠지고 폭삭 늙어 버린 시간 돼지를 보니 가슴이 찌릿찌릿했어.
나는 시간 돼지의 흘러내리는 바지를 손으로 붙잡고 함께 달렸어.

운동회 때 했던 이인삼각 달리기처럼 약간 뒤뚱거렸지만.

"우린 미래에 어떻게 돼? 나랑 아린이!"

"그건 비밀."

시간 돼지가 고개를 흔들었어. 하지만 나는 계속 졸랐지.

"알려 줘. 너무 궁금하단 말이야. 한 가지만, 제발! 우리는
여전히 베프지? 친구 맞지? 영영 못 만나고 그러지는 않지? 응?"

"후유, 못 말린다, 못 말려. 힌트 하나. 토닥토닥 치즈 있지?
이건 과거 바꿈 연구소 제품이 아니야. 그냥 편의점에서 샀어.
당연히 마법 기능도 없지. 근데 먹으면 이상하게 맘이 편해져!
조그만 손바닥이 살살 어루만져 주는 것 같거든. 요걸 만든 회사
이름은 말이야…… 빙글빙글이야."

알쏭달쏭 수수께끼였어. 하지만 나는 씩 웃었지.

"고마워, 돼지! 그리고 미래의 나에게도 고맙다고 전해 줘!"

강가에 도착한 시간 돼지가 손을 크게 흔들며 걸어갔어. 꼭
시곗바늘이 흔들흔들 춤을 추는 것 같았어. 그런데 시간 돼지가
모래밭에 첫 번째 발자국을 꾹 찍었을 때, 머릿속에 뭔가 번쩍
스치지 뭐야.

"잠깐!"

나는 급히 뛰었어. 시간 돼지가 황금 시계를 번쩍 들어 올렸어.
남은 시간은 2분 20초였어!

"돼……."

말이 안 나왔어. 너무 묻고 싶은 게 있는데 시간은 째깍째깍
흐르고, 입술은 달라붙어 떨어지지 않았어.

"있음."

묻지도 않았는데 시간 돼지가 대답했어.

"가슴에 오래도록 남아 자꾸 생각나는 일. 유리 조각처럼 계속 마음을 찌르는 일. 너를 내내 따라다니면서 괴롭히는 일. 후회하는 일은 앞으로도 계속 있어. 하지만 너는……."

시간 돼지는 부드럽게 속삭였어.

"잘할 수 있어. 내가 도와주지 않아도 말이야. 나를 다시 만날 수는 없겠지만, 넌 앞으로도 잘해 나갈 거야."

홀쭉이가 된 돼지가 환하게 웃었어.

학교 운동장에 숨어 있던 내게 난데없이 나타난 시간 돼지. 후회하는 과거를 바꾸자며 이래라저래라, 마음을 들여다보라는 둥 용기를 내라는 둥 엄청 귀찮게 굴었지만, 결국 나를 웃게 만든 시간 돼지. 나를 돕다가 주름투성이 빼빼가 된 나의 시간 돼지……

"내가 잘할 수 있을까? 정말 그렇게 될까?"

"되지, 되지. 딱 보면 알지."

빙그레 웃은 시간 돼지가 강가로 내려갔어. 조심조심 물속에 몸을 담그고 앞을 향해 헤엄쳤어.

그 순간 시간 돼지의 몸에서 눈부신 빛이 뿜어져 나왔어.

사방으로 뻗어 나간 빛이 커다랗고 동그란 시계를 만들고, 반시계 방향으로 움직이던 시곗바늘은 하나로 딱 포개졌지.

"되지, 되지, 뭐든지 되지. 아무리 까다로워도 해결하고 말지. 나는야 시간 돼지. 야호!"

시간 돼지가 반짝이는 강물 속으로 들어갔어. 아니, 시간 속으로 말이야.

작년 여름, 나는 학교 운동장을 빙글빙글 돌고 있었어. 머릿속에서 빙빙 도는 생각을 떨쳐 내야 했거든. 그때 나는 어떤 일을 몹시 후회하고 있었지.

그런데 갑자기 바람이 휘이잉 불었어. 나뭇가지가 흔들리고 초록색 이파리는 팔랑팔랑 날갯짓을 했어. 내 머리카락도 제멋대로 마구 날렸지. 빨리 집으로 돌아가려 했지만 갈 수 없었어. 눈앞에 뚜둥 하고 시간 돼지가 나타났거든!

"친구, 시간 되지?"

시간 돼지는 날 뚫어져라 바라보면서 한 발 한 발 다가왔어. 너무 당황해서 나도 모르게 고개를 살짝 끄덕였지. 그러자 별안간 커다란 시계 모양 건물이 딱 나타났어. 그래, 과거 바꿈 연구소 말이야. 그리고…… 나는 시간 돼지를 과거로 보내서 후회하는 일 한 가지를 바꾸었어.

"고마워, 돼지야! 복 많이 받아, 꼭!"

눈물과 콧물을 줄줄 흘리면서 시간 돼지를 꽉 안았어. 시간 돼지는 쿡쿡 웃었지. 그리고 만족했다면, 황금 시계의 시곗바늘을 꾹 눌러 달라고 했어. 시곗바늘을 누르면 활짝 웃는 돼지 얼굴이 퐁퐁 솟아나는데, 그게 고객의 마음을 나타낸대. 스마일 돼지가 많을수록 최신식 마법 도구랑 여행 상품권도 받고, 승진도 할 수 있다나 봐. 나는 시간 돼지가 그만하라고 말릴 때까지 시곗바늘을 눌렀어.

우린 그렇게 헤어졌고, 나는 문득문득 시간 돼지가 생각났어. 비밀을 가득 품은 듯이 빵빵한 볼, 다 알고 있다는 듯 날 바라보던 까만 눈동자. 자기만 믿으라고 큰소리를 뻥뻥 치고, 내 일에 나보다 더 기뻐하며 요란하게 웃던 시간 돼지. 나를 돕다가 주름투성이

홀쭉이가 된 나의 시간 돼지. 모든 게 그리웠지.

그날도 산책을 하다가 하늘을 쳐다봤어. 시간 돼지는 잘 있을까? 지금쯤 어디에 있을까? 그러다가 숨을 흡, 하고 들이마셨지. 글쎄 구름이, 구름이.

"시간……."

산책 중에 혼잣말을 하는데 내 옆의 어떤 아이가 이어서 말했어.

"돼지……."

우리는 서로의 얼굴을 휙 쳐다봤어. 눈을 똥그랗게 뜨고서.

있잖아, 그 아이도 시간 돼지를 알지 뭐야! 신기한 일은 계속 이어졌어. 시간 돼지를 만났던 몇 명의 친구들을 우연히 알게 된 거야. 나처럼 시간 돼지를 과거로 보냈던 친구도 있고, 시유처럼 미래에서 온 시간 돼지를 만난 친구도 있었어. 우리는 꽁꽁 숨겨 두었던 비밀을 나누었지. 이야기를 나눌수록 시간 돼지를 더 사랑하게 되었어.

"시간 돼지, 보고 싶어. 한 번만 다시 와 줘!"

이 책은 돼지 구름을 함께 보았던 아이, 시유의 이야기야.

너도 후회하는 일이 있니? 시간 돼지를 만나고 싶니? 그럼 기다려 봐. 조용한 곳에서 가만히 후회되는 일을 생각하잖아? 어느 순간 네 앞에…… 시간 돼지가 나타날지도 몰라.

"되지, 되지, 뭔지 되지. 아무리 까다로워도 해결하고 말지. 나는야 시간 돼지. 야호!"

봐, 지금도 어디선가 시간 돼지의 노랫소리가 들리지 않니?

2025년 봄, 시간 돼지의 친구

황섭균

초판 1쇄 발행 2025년 1월 3일 | **글** 황섭균 | **그림** 유영근

발행인 이봉주 | **편집장** 안경숙 | **편집** 정민영 | **마케팅** 정지운, 박현아, 원숙영, 김지운, 황지영 | **제작** 신홍섭

펴낸곳 (주)웅진씽크빅 | **주소** 경기도 파주시 회동길 20 (우)10881 | **문의전화** 031)956-7544(편집), 031)956-7569, 7570(마케팅)

홈페이지 www.wjjunior.co.kr | **블로그** blog.naver.com/wj_junior | **페이스북** facebook.com/wjbook | **트위터** @new_wjjr

인스타그램 @woongjin_junior | **출판신고** 1980년 3월 29일 제406-2007-00046호 | **제조국** 대한민국 | **사용연령** 7세 이상